VIVENT LES POILUS !

L'OGRE BOCHE

par

CH. MOREAU-VAUTHIER

PARIS
JOUVE & Cie, EDITEURS
15, RUE RACINE

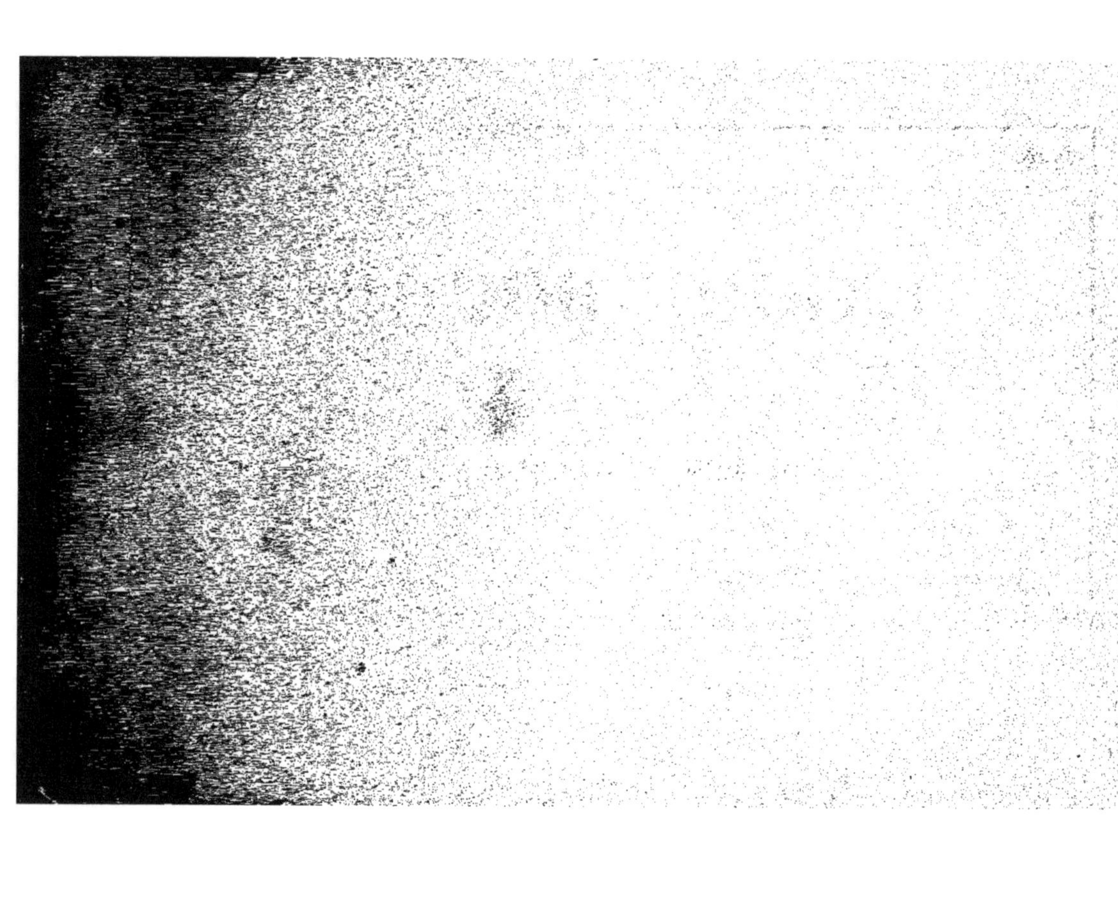

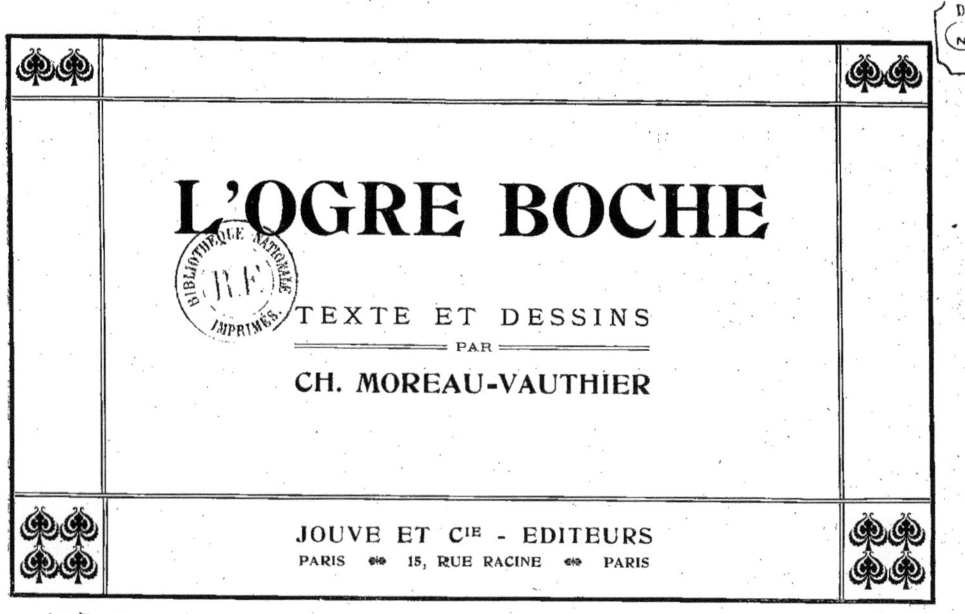

L'OGRE BOCHE

TEXTE ET DESSINS
PAR
CH. MOREAU-VAUTHIER

JOUVE ET Cie - EDITEURS
PARIS 15, RUE RACINE PARIS

Du même auteur

Déjà paru dans la même collection :

“Vivent les Poilus”

Tricoti... Tricota...
Dédié aux tricoteuses de France

V'là qu'arrive Joff'e
En l'honneur du 75

Crevez les Boch's que vous pourrez
Dédié aux Poilus

L'OGRE BOCHE

Promenons-nous dedans le bois,
Pendant que le Boch' n'y est pas...
Boche, y es-tu ?
— Je creuse une tranchée !...

Lulu et Toto jouent au *Boche y es-tu ?* qui n'est autre que l'ancien *Loup y es-tu ?* transformé par Toto et Lulu.

Mais Lulu en a assez. Elle dit :

— J'ai écrit *l'Histoire de la Guerre*. Je vais te la lire. Viens.

Toto accourt.

— Vrai ! Tu as écrit *l'Histoire de la Guerre*.

— Oui, on ne sait rien... On ne comprend rien. On dit : « A X..., près Y..., le ... régiment s'est battu. Il a pris le village de Z... » C'est pas naturel. Ce qui n'est pas naturel est merveilleux. Et le merveilleux, quoi c'est, hein ?... Parbleu ! c'est où il y a des Fées, et la Guerre d'Aujourd'hui n'est pas une Guerre comme les Guerres des Rois dans les bouquins de l'Ecole ; elle est une Guerre entre les Fées de la France et les Fées de la Bocherie. Voilà... Alors j'ai écrit la Guerre, et tu vas voir si c'est pas ça... Les Grandes Personnes lisent les *communiqués*. Ah ! ouitche !... A quoi bon, puisqu'on cache tout, à cause des Fées qui ne veulent pas qu'on connaisse leurs trucs. Mais j'ai deviné, moi !

J'AI ÉCRIT L'*Histoire de la Guerre*

Toto est abasourdi.

— Les Fées ! Je croyais que c'était de la blague !

— Pas du tout ! Les Grandes Personnes le disent. Mais tu sais bien que, tous les jours, les Grandes Personnes nous content des *cracs*, sous prétexte que nous sommes des enfants, à qui on ne peut pas tout dire... En voilà des idées! Comme si les gosses des poilus étaient des enfants!... Et puis, ne vois-tu pas que ces Zeppelins, ces sous-marins, ces incendies, ces massacres ressemblent aux choses extraordinaires et terribles qui arrivent dans les Contes de Fées?

— Ah bien, dit Toto, je cours chercher le drapeau. Je t'écouterai avec le drapeau. Il faut que le drapeau sache.

Lulu s'est assise. Toto debout, attentif, tient le drapeau.

— Je commence, dit Lulu : *Histoire de la Grande Guerre entre les Fées Françaises et les Fées Boches*...

— Tu n'oublieras pas l'Ogre Boche, dit Toto. L'Ogre Boche c'est le Kaiser, l'horreur de Guillaume qui tue les bébés et les mamans et qui a de longues moustaches qu'on lui arrachera un jour.

— Tu as raison, j'ai mis l'Ogre Boche. Je commence :

JE COMMENCE, DIT LULU...

En France, nous avons des Fées, gentilles, gentilles tout à fait, et douces, et jolies...

— Oui, tout plein! Oui, je les vois! je les vois!

Et Toto, tout en tenant le drapeau d'une main, envoie de l'autre des baisers aux Fées de France qu'il s'imagine apercevoir devant lui.

« En Bocherie, il y a des Fées boches, laides, sales, horribles..., de véritables sorcières...

— Pouah! les Fées boches, pouah!

— Elles s'appellent les Walkyries : elles ne valent rien et ne rient jamais!

— Bravo!

— Ne m'interromps donc pas tout le temps... Les Fées boches passent leur temps à faire cuire et à préparer des tas de saletés pour assassiner les braves gens, des gaz asphyxiants, des bombes, etc... Elles prétendent être des savantes. De belles savantes, ma foi! Elles ne savent qu'empoisonner le monde ; et les casques qu'elles portent leur conviennent très bien. Ils ressemblent à des vases de nuit, sont armés d'une pointe en forme de seringue et décorés par des K, lettre préférée des Boches qui la mettent partout...

Les Fées de France passent leur temps à danser, à rire et à chanter. Elles sont si gentilles, si bonnes avec tout le monde qu'elles ne se méfiaient pas des Fées boches. Elles ne se doutaient pas que les Fées boches étaient jalouses d'elles, de leur beau pays de France, des braves Français, des jolies Françaises, des gentils bébés Français, et des bonnes choses françaises...

DES FÉES BOCHES PRÉPARENT DES TAS DE SALETÉS...

— Oui, fait Toto, les confitures françaises, les gâteaux français, les joujoux français, le raisin franç...

— Zut!... Je continue... Les Fées boches ont dit à l'Ogre boche...

— Pouah! l'Ogre boche!...

— Elles lui ont dit : « Ton peuple boche (les Boches sont tellement sauvages qu'ils ont comme Roi un Ogre), ton peuple boche habite un vilain pays, il faut prendre le pays des Français qui est beau... »

L'Ogre boche répondit : « Très bien! » en hérissant ses moustaches...

— Pouah! l'Ogre boche et ses moustaches!

— Tu vas choisir pour généraux d'abord *Barbe-Bleue* qui tuera toutes les femmes, parce qu'il n'y a rien qui fasse peur aux hommes comme quand on tue les femmes et les enfants. Tu prendras aussi comme généraux les *Quarante Voleurs*. Ils déménageront toutes les maisons.

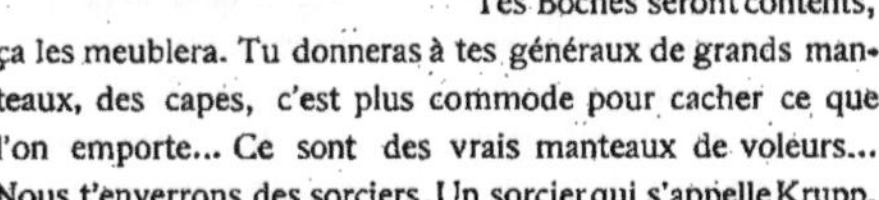

Tes Boches seront contents, ça les meublera. Tu donneras à tes généraux de grands manteaux, des capes, c'est plus commode pour cacher ce que l'on emporte... Ce sont des vrais manteaux de voleurs... Nous t'enverrons des sorciers. Un sorcier qui s'appelle Krupp, te construira des canons gros comme des tours ; un autre, appelé Zeppelin, te construira des ballons dirigeables grands comme des maisons ; un autre, appelé von Tirpitz, te préparera des bateaux qui nageront sous l'eau comme des poissons... Tu pourras ainsi attaquer les Français sur la terre, dans les airs et sous les eaux. D'autres magiciens te prépareront des bombes, des obus, que tes canons enverront plus loin qu'on ne les a jamais envoyés. D'autres magiciens te composeront un pain extraordinaire que tu appelleras le pain KK ; il te permettra de nourrir tes Boches avec toutes sortes de saletés, excepté de la farine. Les Français auront beau empêcher qu'on apporte de la farine en Bocherie, tes Boches pourront manger. Enfin, comme les Boches aiment beaucoup les cochons, nos magiciens te trouveront le moyen de les engraisser avec de l'eau claire.

L'Ogre répondit : Très bien.

Tu donneras a tes généraux de grands manteaux...

Une belle économie ! Hein ?... En attendant tu vas envoyer en France une foule d'autres sorciers qui se changeront en bonnes, en institutrices, en marchands, en voyageurs ; et tous seront des espions qui te diront ce qui se passe en France : tu sauras mieux comment battre les Français.

— C'est tout à fait ça !

— L'Ogre boche a écouté les Fées boches. Il a envoyé les sorciers et il a tout préparé.

Les Fées de France ne se doutaient de rien. Ah ! les pauvres Fées, si elles avaient su ! Mais elles ne savaient pas. Elles continuaient de danser et de rire et elles tournaient la tête aux Français en leur répétant : « Amusez-vous bien, nos amis. Gagnez de l'argent et dépensez-le. Il n'y a que ça de vrai. »

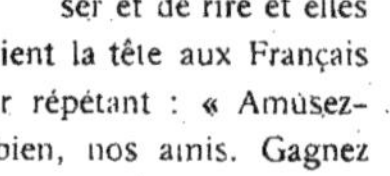

L'Ogre a tout préparé.

Les Saintes de France, qui n'ont pas du tout les mêmes idées,

D'AUTRES MAGICIENS TE COMPOSERONT UN PAIN EXTRAORDINAIRE QUE TU APPELLERAS LE PAIN KK...

boudaient les Fées depuis longtemps. Car il y a aussi les Saintes de France, de bonnes et grandes Saintes : sainte Clotilde, reine de France, sainte Geneviève, bergère de France, Jeanne-d'Arc qui après avoir été bergère, devint autant qu'une reine puisqu'elle commanda les armées de la France et sauva la France.

— Vivent les Saintes de France !

— Elles aimaient aussi beaucoup les Français, nos Saintes de France, mais elles auraient voulu voir les Français plus sérieux, moins occupés à s'amuser et à dépenser leur argent. Les Fées et les Saintes n'étaient jamais d'accord et se chicanaient tout le temps. Les Fées disaient : « Les Saintes sont des pimbêches, qui font des manières. »

Qu'elles étaient belles, les Églises des Saintes...

Les Saintes disaient : « Les Fées sont des étourdies qui font des folies ! »

Un jour les Saintes s'étaient mises à construire des Églises. Qu'elles étaient belles, les Églises des Saintes avec leurs murailles élancées jusqu'au ciel, leurs vitraux pareils à des bouquets de fleurs et leurs orgues dont la musique faisait pleurer ! Elles s'appelaient Notre-Dame-de-Paris, la cathédrale de Reims, celles de Chartres, d'Amiens, d'autres encore dans toutes les villes de la France. Les Français en y entrant s'étaient crus au Paradis. A présent ils allaient tout le temps dans les Églises des Saintes et ils ne pensaient plus autant à s'amuser. Les Fées, vexées, se dirent : « Les Français deviennent tristes comme des bonnets de nuit. Il

Les Fées passent leur temps a danser...

faut construire quelque chose, nous autres... Si on construisait des châteaux ! » Et les Fées construisirent des châteaux : le château de Blois, celui de Chambord, ceux de Fontainebleau, de Versailles. Il y en eut bientôt dans tous les coins de la France. Jusqu'alors les Français avaient habité des châteaux, tristes, sombres, froids ; ceux-là, gais, clairs, ornés de sculptures, de meubles, de dorures, donnaient l'envie de danser et de chanter toute la journée et même la nuit. Et les Fées dirent aux Français : « Amusez-vous bien dans vos châteaux. » Ah oui, qu'ils s'amusèrent les Français. Ils ne pensèrent plus qu'à s'amuser. Ceux qui n'avaient pas de châteaux tâchèrent d'en avoir. Ceux qui ne pouvaient pas en avoir construisirent des maisons moins belles mais où, tout de même, ils vécurent comme dans des châteaux, en s'amusant. Et ceux qui ne purent pas construire de maisons du tout allèrent au café, au théâtre, au cinéma afin de s'amuser comme les autres. Bientôt les Fées inventèrent les autos, et tous les Français voulurent avoir des autos, ou aller en auto. Bientôt les Fées construisirent de grands magasins où l'on vendait toutes les choses imaginables, et les Françaises allèrent passer leurs journées dans les magasins pour acheter toutes les choses imaginables; celles qui ne pouvaient pas les acheter les regardaient en pensant au plaisir qu'elles auraient à les acheter... On s'amusait, on dépensait beaucoup d'argent ; les Fées étaient enchantées.

LES GRANDS MANTEAUX CACHENT CE QUE L'ON VOLE.

Mais les Saintes n'étaient pas contentes, oh ! pas du tout ! Elles disaient : « Ça finira mal ! Ça finira mal ! Faut pas tant s'amuser que ça ! »

— Tu écris aussi bien que les bouquins de l'école, s'exclame Toto admiratif. On dirait un devoir de style corrigé. Mme de Sévigné n'aurait pas fait mieux.

— Voilà comment les Saintes et les Fées de France ne s'entendaient pas. Elles s'entendaient même de moins en moins quand, Patatras ! l'Ogre boche déclara la guerre à la France...

— Pouah ! l'Ogre boche !

— Les grandes personnes répétaient : « On n'est pas prêt ! on n'est pas prêt ! » Je te crois, qu'on n'était pas prêt... On avait pourtant de bons petits soldats qu'on envoya bien vite à la frontière des Vosges, du côté de l'Alsace, où ils se battirent comme des héros. Mais ils n'étaient pas assez nombreux. Et puis, nous manquions de canons. Est-ce qu'on avait pensé à faire des canons ! Et puis, les Boches, comme des apaches, voulurent attaquer nos soldats par derrière et envahirent la pauvre Belgique. Ah ! les bons et braves Belges et leur bon et brave roi Albert ! C'est le Prince Charmant dont parlent les contes de Fées, celui-là, certainement.

On avait de bons petits soldats...

— Vivent les Belges ! Vive le roi Albert !

— Les Boches ragèrent parce que les Belges ne voulaient pas les laisser entrer chez eux. « Vous ne passerez pas ! Non ! Vous ne passerez pas ! » Barbe-Bleue, qu'on appelle von Kluck, les massacrait, tuait leurs femmes, leurs enfants, mais les Belges continuaient à dire : « Vous ne passerez pas ! » et défendaient leur pays.

— Vivent les Belges !

— Derrière Barbe-Bleue venaient les quarante voleurs qui commandaient à tous

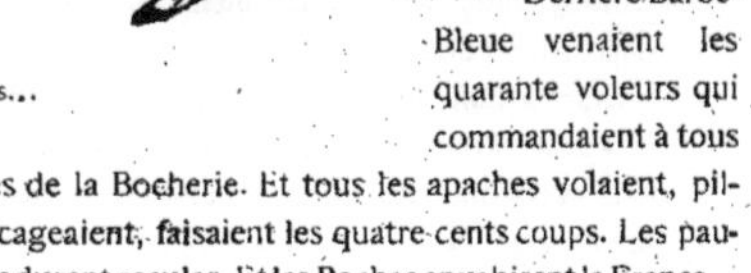

les apaches de la Bocherie. Et tous les apaches volaient, pillaient, saccageaient, faisaient les quatre cents coups. Les pauvres Belges durent reculer. Et les Boches envahirent la France...

Ah! les horreurs de Boches: ils brûlaient les villes et les villages, les châteaux des Fées et les églises des Saintes; ils massacraient les femmes et les enfants. Les Fées pleuraient, se désolaient : « Si nous avions su! Quel malheur! Qu'allons-nous faire!... Les Saintes aiment anssi les Français! Allons leur demander de nous aider à défendre la France ». La démarche était gênante : Elles avaient appelé les Saintes des « Pimbêches ». Elles envoyèrent les plus vieilles d'entre elles. Il y en avait de tous les temps ; chacune portait la vieille toilette de son temps, mais comme elles étaient des Fées, elles avaient toutes l'air très jeunes.

Nous aurons Robinson Crusoé...

Les Saintes les reçurent bien. Sainte Geneviève dit: « J'ai déjà sauvé Paris. Je le sauverai encore». Sainte Clotilde dit: « Grâce à moi, mon époux, le roi Clovis, a sauvé la France ; je la sauverai encore ». Jeanne d'Arc dit : « J'ai formé des soldats et conduit des armées quand la France était envahie ; je formerai encore des soldats et sauverai encore la France ».

— Vivent les Saintes !

— Les Fées furent très contentes. Elles répondirent : « Nous allons avertir Robinson Crusoé qui nous amènera tous les Anglais et nous demanderons à Vendredi de nous amener tous les nègres de l'Afrique et de l'Océanie. Les Boches ont les quarante voleurs ; nous aurons Ali Baba qui saura les battre une fois de plus. Ils ont des sorciers ; nous aurons Saladin et sa lampe merveilleuse qui nous donnera des canons et des obus merveilleux. Ils ont l'Ogre ; nous aurons tous les Petits Poucets de la France ! »

Et, grâce aux Saintes et aux Fées, la France eut des canons merveilleux comme les 75, des soldats de tous les pays du monde, des Anglais, des Écossais, des Canadiens, des Indiens, même des nègres et des tas de petits gosses français qui se battirent comme des héros.

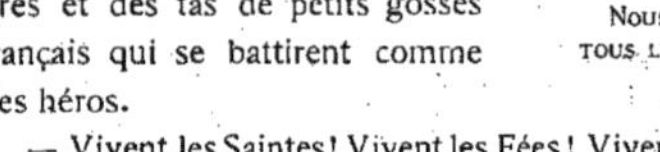

Nous aurons tous les nègres...

— Vivent les Saintes! Vivent les Fées! Vivent les Anglais! Vivent les Alliés!

— Et, tout à coup, les Boches qui approchaient de Paris

Les Saintes reçurent bien les Fées,

durent s'arrêter. Les 75 les canonnaient. Bing! Boum! Les fusils les fusillaient. Pif! Paf! Les soldats, à coups de baïonnettes, les embrochaient. Vli! Vlan!

Les Français frappaient, cognaient, assommaient, rossaient les Boches qui se mirent à reculer, à se sauver. Ce fut la victoire de la Marne!...

— Vive Joffre! crie Toto en trépignant et en agitant son drapeau.

— Oui, Joffre, dit Lulu qui interrompt sa lecture. Je ne sais pas qui il est.

Est-il Ali Baba? est-il Saladin? Est-il même Napoléon?

— Il est Joffre, parbleu! s'exclame Toto. Vive Joffre!

— Tu as raison. Il est Joffre.

Après la victoire de la Marne, les Fées boches rageaient, rageaient! Paris n'était pas pris! Impossible de prendre Paris! Les Boches n'y arriveraient plus! L'Ogre boche en était malade et coupait ses moustaches, pour qu'on ne puisse plus les lui arracher...

LES BOCHES SE MIRENT A RECULER, A SE SAUVER.

Mais on se battait tant et si terriblement, il y avait des blessés en si grand nombre qu'on ne savait plus où les mettre pour les soigner. Les châteaux où l'on s'était tant amusé, les châteaux de France où l'on riait, chantait, dansait devinrent tout à coup silencieux, graves, et on y mit les pauvres blessés...

On vit des dames, toutes blanches, qui soignaient ces pauvres blessés. Elles étaient douces, très douces; elles les soignaient bien, très bien.

Ces bonnes dames, qui soignent les blessés, on les appelle

Mme Ceci, Mme Cela. Mais on en voit dont on ne dit pas les nom. On ne sait pas. Ces dames toutes blanches avec des petites croix rouges, qu'on ne connaît pas, et qui viennent, la nuit surtout, se pencher sur les lits des blessés, les soigner, les consoler, sont les Fées de France et les Saintes de France. En voyant couler le sang des Français, elles se sont réconciliées tout à fait, et elles soignent ensemble les blessés...

APRÈS LA VICTOIRE DE LA MARNE, LES FÉES BOCHES RAGEAIENT...

Toto veut crier : Vivent les Fées!... Vivent les Saintes !.. Vive la France ! mais il ne peut pas, il pleure et, en silence, il s'essuie les yeux avec son drapeau...

— A présent, dit Lulu, allons jouer à « Boche, y es-tu ? » Je te lirai la suite un autre jour. »

IMPRIMERIE JOUVE ET Cie, PARIS

www.ingramcontent.com/pod-product-compliance
Ingram Content Group UK Ltd.
Pitfield, Milton Keynes, MK11 3LW, UK
UKHW020551230726
13925UKWH00006B/2531